圖說

偏遠宇宙
Y-35792031812 77圈
I
生命體與文化

偏遠宇宙研究開發機構行星文化318研究所

協力　阿托洛尼維亞美術館

　　　財團法人　萊卡的項圈

前言

　　7361K897 年的夏天，本偏遠宇宙研究開發機構從觀測許久的另一個宇宙發現了無機質結晶的礦石生命體所居住的行星。此觀測成果透過財團法人「萊卡的項圈」，發表於阿托洛尼維亞美術館的展覽企畫「STATUE—無機生物們的雕像—」，收到相當大的迴響。

　　透過進一步的觀測以及累積的研究結果，我們將該行星暫時命名為「Y-3579203181277」，他們的特性和文化的細節漸漸明朗。此外有個居住於 Y-3579203181277 的衛星上，暫時命名為「Y-3579203181277-a-04」的高度文明勢力，推測從以前就一直不斷採收礦石生命體，我們寄了封問卷給他們，很幸運收到了回覆，才能夠讓我們完成內容既驚喜又新鮮充實的研究報告。

　　這次首波的焦點特別放在 Y-3579203181277 及其衛星圈的生命體及生活文化，以淺顯易懂的文章輔以大眾化的圖畫彙整成本書，圖文解說的形式希望讓廣大的幼體們也能開心地閱讀。無論是被謎團包圍的礦石生命體清心寡欲的生活，還是六顆衛星上與他們相反、變化多端的華麗文明，想必都很有魅力。若能讓讀者們在閱讀時想像得到身處遙遠宇宙的他們的生活情形，我們會非常欣慰。

偏遠宇宙研究開發機構行星文化 318 研究所

文化研究主任　伊胡・帕拉烏姆

目次

第一章
Y-3579203181277 圈

前一次的觀測研究是對礦石生命體的頭部及其思考進行局部而深入的解析,這次我們爲了要將生命體與文化做爲一個整體來理解,進行了長期的一般概要性觀測。觀測結果以他們獨特的身體特性爲基礎,揭開了他們樸素卻細膩到讓人驚訝的部分文化。

一般認爲他們的社群是爲了抵抗外敵採收所建構起來的,屛除例外,所有人都被賦予了重要的社會角色。

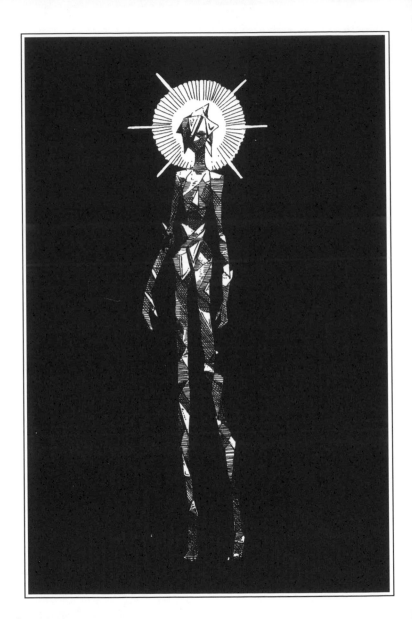

寶石

Y-3579203181277 特有的無機物結晶礦石生命體，身長一百五十公分，是這顆行星上的大型原生物種。由於外敵月人（P.68）會來採收他們，數量會不時變動，但通常是以二十六具左右生活著。結晶會在地底深處生成，並以每百年到千年一具的頻率從沙地上的斷崖產出到丘陵上，左圖記錄了他們出生時的姿態。產出後，金剛（P.64）會將他們塑形成相同的模樣，稱他們為「寶石」。沒有性別，本身並不具有生殖功能。以振動口中的空洞發聲，透過語言進行溝通。礦石有各自獨特的身體顏色，為防止表面因紫外線和海風劣化，會在全身塗上植物來源的膠糊和白粉（P.32）後生活。

雖然統稱為礦石，其實存在各式各樣的種類，從非常堅硬的鑽石到易碎又帶著有害物質的辰砂，各自特性差異極大，利用彼此的特性互補過著團體式生活。身體就算受傷缺損也沒有痛覺，對溫度變化的感覺相當遲鈍。身體即使四處散落，只要重新組回就能恢復個體性，因此他們的危機感很弱，好奇心很強。大抵來說個性都很單純穩重，但是各自與生俱來的身體特性差異極大，因此缺乏與他人的協調合作能力。

陽光照在體表會讓棲息於體內的微小生物「內含物」產生活動需要的能量，使原木沒有伸縮性的結晶或岩石質的身體可以活動，我們認為這可能是因為「內含物」來自於古時候主要成分為蛋白質的生物。此外「內含物」會儲存記憶，若是失去一部分身體，也會失去相同程度的記憶。夜裡因為無法攝取陽光，行動會變得遲鈍。

寶石不會生殖且只要在有太陽的環境就能生存，其實原本沒有必要過團體生活，是因為領導人金剛的存在與教育以及與月人間的戰爭，才使他們轉變成好戰的種族團體。

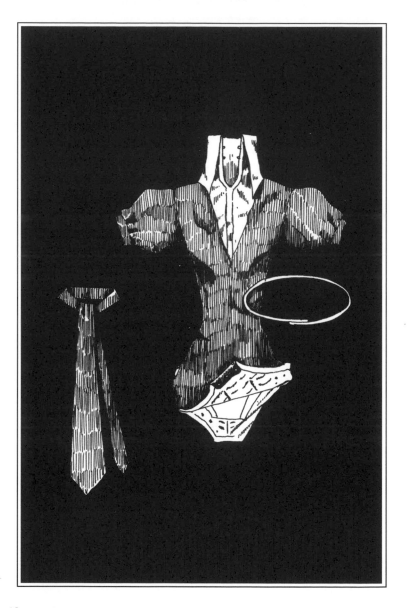

冬服　（Ⅰ）

礦石生命體穿著的衣服，固定在「夏季開的花減少、草原色彩漸轉黃開始直到冬眠結束」這期間間穿著。衣服的布料是由植物「麻」(P.54/B) 的莖的柔軟部分做成，這種纖維稱爲「柔麻」，剩餘的部分可以製紙 (P.40)。這種「麻」單獨生長在島嶼北部，會於夏末綻放帶著白色與淡藍色、令人憐愛的花。島上自然資源貧乏，這種植物相對較爲叢生，且生長穩定能夠採集，所以成爲堅固又輕盈的布料材質，據我們有限的知識研判最爲接近亞麻布。

衣服設計不斷頻繁改良。穿著黑色連身衣內搭白色連身高領襯衫，襯衫的木製鈕釦一直開到腹部附近，而黑色連身衣大多是下檔用木製鈕釦扣著的連身褲類型。

他們也有簡單的染色技術，基本的五色分別是：「麻」的天然色、「阿迷」這種植物外皮的黑色、漂白「白蝶」屍體殘骸分泌液體的白色、來自「多科耶美」雌蕊的黃色，以及積存在「柚羅木」這種樹的樹瘤內樹脂的紫色。其中「柚羅木」的生長速度最慢，它的樹脂是幾十年只能少量採收一次的珍品。要調出深黑色就要取「柚羅木」的少量樹脂和「阿迷」的果實混在一起，「柚羅木」的樹脂和「白蝶」的漂白液混在一起的話則可以調出鮮豔的紅色，其他還有鮮艷的藍色或粉紅色等依據不同混合方式可呈現的顏色，但因爲都得用上「柚羅木」的樹脂，只會用在特別的刺繡絲線上。

高領的鉤子和襯衫的鈕扣都是木製，腰帶則是在木皮上抹漂白劑讓纖維軟化後拉長成形，用來固定住衣服，富彈性又耐用，就算插著沉重的劍也不會斷。此外黑服也有內裡縫著刺繡的變化型，主要是以花草爲靈感的細緻裝飾，多半用於內勤寶石的冬服。這是由於刺繡會讓布料變得厚重，不適合負責戰鬥的寶石穿，以及容易破損的緣故。

A

B

冬服（Ⅱ）冬季負責人款式

Y-3579203181277 北半球冬季時地面上的光線量減少，寶石會進入冬眠期。此時只有若干名擔任冬季負責人的寶石和金剛會醒著，負責處理日常雜務以及對付外敵月人。地面會被平均 2.2 公尺厚的雪覆蓋，流冰會像要把丘陵（P.60）包圍住般大舉湧起。

這種流冰形狀特殊，會相互磨擦發出爆音，打擾寶石們的冬眠。因此，負責冬季巡邏的寶石的主要工作就是要拿狀似冰鋸的武器（P.28/F）切割處理流冰。由於大都是在屋外單獨行動，需要身著白色制服，避免在雪原上特別醒目。

冬季負責人的制服都是特別縫製的。首先，由於要讓原布料的底色近乎雪白，所以會用「白蝶」（P.52/C）發酵過的腸子分泌出的物質製成漂白劑。這種蝶類每兩年會在夏末大量繁殖，成蟲後嘴巴會退化，停止進食，三天就會死亡，而寶石會回收所有的蝴蝶屍體殘骸。由於屍體開始發酵後直接接觸很危險，所以昂用類似筷子的東西蒐集。他們會把「麻」的布料浸到這種漂白劑裡除色，經由這道工程，布料會像剛下的雪一樣閃亮白晰，不過也會因此過於柔軟透明，所以外側連身衣用了三塊布料，內穿的高領襯衫則是重疊了兩塊。外側連身衣的內裡大量使用紅、藍、黑等多彩的「麻」絲線，與一般的冬服（P.10）相比，製作上相當費工。漫漫長冬裡負責巡邏的寶石往往是單獨行動，如此費工的製作想必是服裝負責人體恤的心意吧。領帶和腰帶跟冬服（Ⅰ）的相同。

（A）是只有在冬季才會化為固體活動的「南極石」的制服。

（B）是為手臂曾損傷過的「黑水晶」而做的長袖制服。

觀測期間內的冬季巡邏者的髮色介於透明和白色之間，似乎是選了在雪原能以保護色偽裝的寶石。

夏服

以「地上的雪融化，氣溫上升時」為基準，寶石會從冬眠醒來，穿上夏服重新開始活動。

夏服是部分白色襯衫和部分黑色褲裙一體化的服裝，可以繫在領口的有領巾、細緞帶以及鈕扣式可拆卸的領帶等等，短期間內換過各種樣式。(A) 是觀測期間前半期，(B) 是後半期看到的設計。

夏服的布料是為了夏服而編織的輕薄的「麻」，領口與袖子較寬，褲裙呈傘狀，這種設計重視透氣性。穿脫時要解開胸前的鈕扣，相較於不斷小幅改良的冬服，夏服多在每隔百年左右的短期間就會進行設計上的大修改。

與冬服的共通點是大幅露出腿部和手臂，寶石的身體有受到衝擊而碎裂的風險，尚不清楚為何仍會有露出四肢的服飾文化。有個論調是，衣服包覆全身的話，要是「月人」來襲造成損傷，很容易被一整包直接帶走，碎片四處散落反而能在月人蒐集時等待救援，提高成功脫逃的機率。此外，也有研究者認為這樣的服裝意在表現健康的幼體。另一種說法是認為單純因「麻」的產量較少，需節省布料，不過冬眠服或冬眠室都用了大量的織品。

睡衣

　　到了日落時分，負責戰鬥的寶石就會一邊巡邏丘陵，一邊返回學校。向負責戰略的寶石報告情況後，他們會保養武器和打掃自己的房間，接著清理衣服，換上睡衣，開始享受就寢前短暫的自由時間。他們大多會待在學校（P.58）裡的公共空間聊天，或是玩些簡單的紙牌遊戲等娛樂。寶石的平均睡眠時間大約十一個小時。

　　睡衣（A）的布料是未經染色處理的「麻」，前開且較為舒適寬鬆，相當適合放鬆時穿著。穿法是像（A）這樣，將前襟右往左交疊，再綁上相同布料的腰帶，多眠服（P.18）也是這樣穿，寶石只要是穿寬鬆的衣服，前襟都是右往左交疊。金剛則是左側前襟在上，為何樣式有此分別尚不清楚。

　　只穿著睡衣在學校內往來移動時，以低硬度的寶石為主，他們多數會穿上厚的襪子（B），以防赤腳時不小心損傷。

　　沒有寶石會在夜間外出，唯一例外是從學校移居到東南方洞穴的「辰砂」，他有段期間會自行在夜裡巡邏。

冬眠服

「氣溫下降且白雪覆蓋地面」時，除了冬季負責人以外的寶石會進入平均五個月的冬眠期。

在此文化下，由於原料貧乏，製作的衣服幾乎都是實用取向且樣式樸素，唯有冬眠服大異其趣。布料顏色雖然都一樣，但是製作時不惜使用貴重的織品和技術，衣服縫製得相當華麗。結構大抵和睡衣相同，最大的特徵是寬大的袋狀袖子。身體部分牢牢捆綁固定住，和著重輕鬆的睡衣不同。下擺部分多半做有皺褶，有些是跟上半身連身，有些則根據不同設計分成兩件式。襪子會選穿與睡衣同樣的款式。左圖只是其中一例，不包括冬季負責人的話平均有約二十五位寶石，每個人的款式設計都不同。負責製作服裝的寶石幾乎一整年的工作量都耗費在這裡。冬季負責人會從春天開始進入夏眠，會幫他準備夏眠用的睡衣。

冬眠室的布置也很獨特，寶石們平常都睡在各自的寢室，但是要開始冬眠前，他們會把稱爲「學校」的建築物四樓的所有窗戶用木板封住，用秋季回收的枯草厚厚地鋪在房間的地板上，再蓋上布做成類似巨大的床墊，寶石們之間會空出充裕間隔，深沉地睡去。牆壁也會掛上布蓋住，並配置照明水母 (P.56)，由冬季負責人和整年都醒著的金剛負責管理和照顧。

集體冬眠對硬度低的寶石來說有風險，但推測會這麼做是爲了省去冬季負責人巡邏的麻煩。冬眠期間很少有寶石會中途醒來。寶石的睡相很不好，睡到這套豪華絢麗的冬眠衣裝都敞開時，他們就會醒來迎接春季。

手套

　　寶石互相接觸時，無論是接觸還是被接觸，都是硬度低的那方會產生損傷。因此為了預防日常生活或是戰鬥時發生意外事故，會隨身攜帶手套在需要時戴上。最普遍的是長至上臂、類似晚宴手套的樣式，穿冬服時搭配黑色（A），穿夏服時則是白色（A-1），於必要時穿戴。硬度十的鑽石屬寶石由於損傷到其他寶石的可能性較高，所以平常就一直戴著手套。布料和制服一樣都是「麻」。

　　負責冬季巡邏的寶石雖然沒什麼機會跟其他寶石接觸，但因為要擊碎流冰、長時間工作勞動，所以穿戴的是較短的手套（B）（B-1），將一般厚度的布料交疊五層，製作得十分耐用，和冬季負責人的冬服（P.12）一樣反面縫了以植物為靈感的華美刺繡。醫療用的手套（C）是白色的且較薄，穿脫容易，於治療寶石時使用。（D）是金剛（P.64）的手套，金剛自古留存至今，和寶石的出身並不相同，就算他直接觸碰寶石，也不會放入因硬度不同產生的內含物的振動而損傷到寶石。因此手套本來就沒必要，戴著似乎只是為了維繫族群整體性。

　　若是與莫氏硬度十（鑽石屬）的寶石接觸，硬度十以下的會全身碎裂，鑽石們彼此接觸的損傷情況則會依單晶或多晶而有所不同。鑽石的接觸破壞力相當高，但隨著莫氏硬度數值變小，破壞程度會減少，也會依雙方的硬度差而不同。此外破壞情形還會依據岩石、多晶、單晶、解理、質量等身體本來的性質，以及接觸部位、速度、衝擊程度、壓迫程度等諸多條件而不同。但是就算同硬度之間仍會發生損傷，因此寶石同伴之間不會故意觸碰彼此。

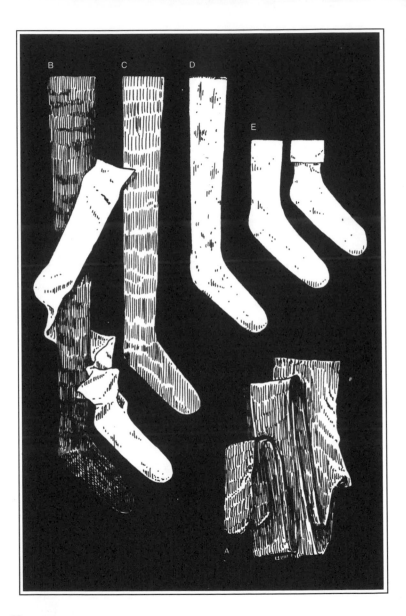

緊身襪、短襪

　　和手套一樣，寶石穿襪子是為了防止碰撞意外。

　　接觸寶石機會最多的是醫療負責人，他會穿著緊身襪 (A) 包覆住整隻腳。長度到大腿的長襪 (B) 是給鑽石屬專用。(C) 是給剛玉屬的膝上襪。至於硬度不高但非常堅固、岩石狀的翡翠屬，是穿著淡綠色的高腳襪 (D)。(E) 雙折襪是擁有二重構造的「幽靈水晶」所穿著，用意與其說是防止碰撞意外，比較偏向在表示寶石的特殊性質。

　　這些襪子除了防止意外的實用性，還被當成時髦的象徵。還有一種說法是這種襪子是為了讓寶石在戰鬥時請求支援之際，能儘速找到高硬度的寶石，遠遠地看就能立即分辨出是哪個寶石。

　　由於寶石是從身體表層吸收光線進入體內不斷反射放大來當作能量來源，據說他們是利用來自內部的光線稍微照亮外界，才見得到一些飛影。因此整體而言他們的視力多半不佳，才會在資源受限及文化制約的情況下，推測是為了容易辨認彼此，最終才有了這些不同類型的襪子。

　　布料「麻」用於手套和襪子時的編織方式和制服不同，為了讓它有貼身感而相當費工。即使如此，由於缺乏伸縮性，為了不讓長襪滑落，會使用天然的黏著劑固定在腿上。脫襪子時黏貼的部位會有白粉脫落。

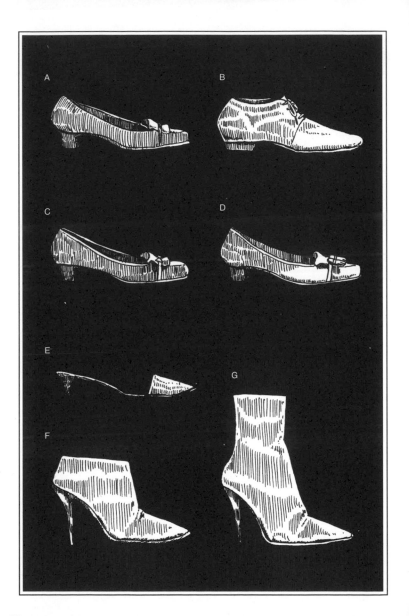

A

B

C

D

E

G

F

鞋子

　寶石們的腳的尺寸基本上全都是二十一公分，所以模子用一種就夠了。鞋面、內底、鞋頭等直接包覆住腳的部分是用多層染黑的「麻」布料製成，底和鞋跟則是木製的。鞋跟的磨損程度取決於寶石各自的重量和勤務內容，戰鬥負責人的鞋子必須頻繁保養。

　（A）是最一般的樣式，大部分的寶石都是穿這種設計的鞋子，反折固定的鞋舌是它的特徵。（B）只觀測到「辰砂」在穿，研判是為了防止他身體流出水銀導致鞋子滑脫，才會給他穿繫帶鞋。

　我們還觀測到多種充滿玩心的設計，反映出穿鞋者的個性特質。（C）在反折固定的鞋舌上裝飾了緞帶，是依照華麗無色的「鑽石」要求而做的設計。（D）是給多晶黑色鑽石「黑鑽石」的設計，上頭裝飾的流蘇任誰都能馬上聯想到他的髮型。

　（E）是醫療負責人「金紅石」的穆勒鞋。治療寶石時，會把蒐集到的寶石碎片擺在布上，因此他得在布上走來走去，這種鞋子比較好穿脫。

　冬季負責人因為需要有效率地進行擊碎流冰的工作，穿的是銳利尖頭、以黑曜石製成的細跟靴子，穿上這種鞋子奔跑可以在冰上鑽孔，留下擊碎的印記。鞋跟材料除了黑曜石，有時候會使用其他不是以生命體誕生、較耐磨的礦石。（F）是「南極石」的鞋子樣式，（G）則是「黑水晶」的。「黑水晶」因為是從多層構造石英「幽靈水晶」的內部取出的寶石，體型比其他寶石小一號，鞋子尺寸也只有二十公分。

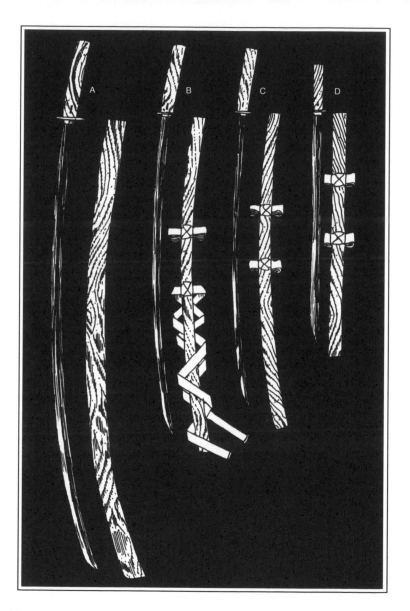

武器 (Ⅰ)

　這是與月人 (P.68) 戰鬥時有劍刃的手持武器。月人是霧狀，因此武器的攻擊目的比起「斬」更偏向「劈」還有「擊散」，並且因應戰鬥負責人的個性或是能力設計了各式各樣的種類。這次介紹的武器刀身部分主要是用了黑曜石來鑄造。觀測期間裡有一種被稱為「Obsidian」的礦石生命體 —— 黑曜，他的體質特殊，切開部分身體就會流出熔岩狀的黑曜石。「黑曜石」是武器製造負責人，他似乎是將自身液態的部分倒進木頭模具裡製作刀身。這種化成熔岩流出的黑曜石裡頭並未含有內含物。礦石生命體的產出沒有規律，很難想像每個時期都有這種性質的寶石，因此這極有可能是相當特殊的武器製作方法。其他時代使用的似乎是耐久性高且非以生命體產出的礦石，但是觀測期間裡沒有看過他們拿出保存下來的舊武器。

　「黑曜石」流出的熔岩狀玻璃質溫度較低，與一般的熔岩不同，很快就會冷卻凝固，硬度較低卻相當銳利，擊散月人時能充分發揮效果。

　(A) 是觀測到最大的弓形單刃劍，由剛玉屬的「蓮花剛玉」使用，重量很重，無法做為佩刀繫在身上。

　(B) 是黑色多晶體鑽石「黑鑽石」使用的弓形單刃劍，要敏捷地移動時比 (A) 更適合攜帶。(A)(B) 兩種劍的可攻擊範圍都很廣，不過比較難使用。

　(C) 是更細的弓形單刃劍，由力量不大但是身手矯健的寶石所使用，像是「柱星葉石」或是綠柱石屬的「透綠柱石」。

　(D) 是最基本的雙刃劍，大部分的寶石都是用這種。

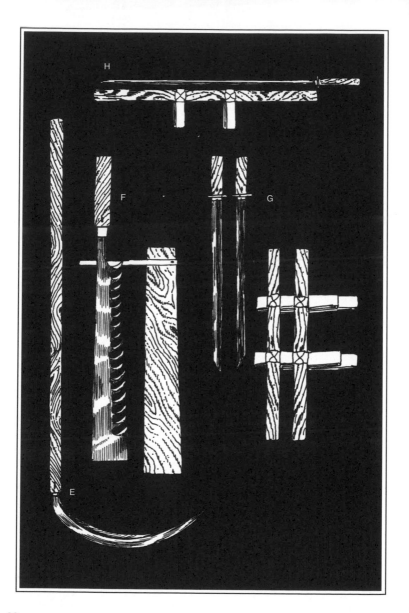

武器 （Ⅱ）

這裡介紹的是相較於武器（Ⅰ）使用者更受限的武器。

（H）是我們觀測到重量最輕、最細的劍，刀身約莫僅寶石的小指寬，用於訓練初學戰鬥的人。

（E）是大鐮刀狀的武器，重心離身體相當遠，所以操作上需要很高超的技巧，使用手感相當獨特，專門做給戰鬥時善於維持平衡、身手矯健的石英屬「幽靈水晶」和「黑水晶」使用。

（G）是同為石英屬的雙晶所使用的對劍，雖然稱不上是短劍，長度也還是有一般劍的三分之二，由雙晶「紫水晶」兩個寶石使用。

（F）是冬季負責人使用的冰鋸，朝向手握處的刀刃比較厚，鋸冰的效率會比較好，收納在木板狀的劍鞘佩帶。確認是由「南極石」和「黑水晶」所使用。

（B）（C）（D）（F）（G）（H）的劍鞘上都綁有白色布製的帶狀細繩，將細繩前端的木製部分掛在腰帶上就能夠帶著移動。移動時，這種吊掛劍鞘的攜帶方式不適合硬度四以下的寶石，因為太重的話會讓身體出現裂痕，或是腳被木製劍鞘敲到也會碎掉。

握柄和劍鞘都是木製，而鑄造刀刃也是要注入木製的模具才會成形，因此所有工程都是武器製作負責人「黑曜石」和木工負責人「橚石」邊討論邊製作。握柄和劍鞘的美麗木紋看起來像是以一整片木板製作的，但是這塊土地上的樹木又瘦又少，生長不出這樣的大樹，因此它們跟其他木製品一樣，是將許多木材沿著木紋削下後相互黏合，以此仿造大樹的美麗木紋而創造出的工藝品。

醫療工具

於「緒之濱」(P.60/B) 產出落下的礦石生命體與之前發表過的遠遠不同，模樣不如雕像般光滑，線條較直且外表粗糙，還露出各自的結晶，完全就是礦石般的外貌 (P.8)。為了防止群體生活時因為外貌不同受到歧視，所有的礦石生命體一生下來就會盡可能修整成相同的外型。不過頭髮就沒什麼加工，不知道是為了尊重他們的個性，還是想讓個體更容易辨識。礦石生命體會由金剛雕琢成寶石，並在空心的眼窩放入精密的眼球，使他們成為社會化的生物。

醫療工具即是用於這種最初期的修整，以及平日或戰鬥受損後修補傷口時使用。工具雖然看似陽春，但是使用時要考量各寶石的硬度、解理、黏性等因素，必須具備高超技術。當月人米襲造成身體一部分缺損，會用 (A) ～ (E) 的工具切割那些從「緒之濱」產下、不含內含物無法成為生命體的礦物，製作成合乎缺損部位的形狀後黏接上去。(F) 是銼刀，用於修整沒有解理的岩石狀或是石英屬礦物。(G) 是各種不同形狀的精修工作用刀具。刀刃會配合患者的硬度和性質更換，硬度四以下寶石使用和跟武器一樣的「黑曜石」刀刃，其他則是使用「緒之濱」產出、但數量不足以用於修補缺損的小碎片，還有補修缺損塑形時剩下的碎片。這些碎片很少用在醫療之外的用途，除了學校的鐘 (P.58) 或以前還不是由「黑曜石」製造的武器 (P.26)，幾乎沒見過礦物用於生活的例子。研判這是由於這些碎片原本是要誕生成為夥伴的，就像流產嬰兒的身體一樣，考量到心情上的感受，因而極力避免。

化妝品

　　雖然寶石的身體本來就有獨特的礦石色，但是把自己塗成白色已經是他們固有的文化了。這座島四面環海，塗上膠糊和白粉也能防止鹽分附著在身上。

　　化妝的順序是，首先用「麻」製的毛刷 (D) 在全身塗上一層薄薄的植物性接著劑「薄糊」(C，又稱「膠糊」)。薄糊取自名為「野薔薇」的薔薇科植物在晚秋結的果實中保護種子的高黏度果液，他們會在每次要用到果液時切開果實後過濾。這些果實外皮很堅韌，可以事先蒐集儲藏。

　　「薄糊」在肌膚上稍微風乾、去除水分後，再用粉撲 (B) 將稱為「白粉」的粉狀基底 (A) 輕輕拍打抹上。這種基底是取自「白粉花」(P.54) 這種植物種子中的粉狀胚乳，它的收成期在夏末，種子殼厚五公厘，又硬又黑，從中取出白粉的作業扎實且費神，一人份 (A) 就必須用掉約一千顆種子，因此作業過程極力避免沾濕，基底只要不被水沾到就不太容易脫落。

　　如果要下海，還會再上一層耐鹽樹脂，不過這種樹脂只能採自島嶼東北方一種稱為「老木」的樹，每年的採集量落差很大，相當珍貴，未經許可禁止使用。

容器‧籃子‧收納用品

　　這些器具用於儲藏及搬運蒐集來要用在生活上的果實和葉子，是共用品，因為整座島上生產的木材稀少，所以寶石們都被教育要愛惜使用。它們的設計很多樣化，且數量遠超過服裝或其他工具等生活物資。我們推測在這座島上，容器不只是種工具，而是具有文化上的意義。

　　（A）是最常見的容器，我們觀察到使用得最多。乍看像是挖空的樹木，但如同前述，其實是用很多木片拼湊的，研判是參考重現了大樹還存在的時代的物品。以這為基礎製作了像（A-1）（A-2）等容器，有各種厚度和尺寸。

　　（B）是用紙製藤蔓做的籃子，紙張來源是廢紙。透氣性佳，裡面放布袋，用於暫時保存蒐集到的麻和果實。

　　（C）是用樹皮編織成的籃子，用於運送輕的物品。與（A）相比，製作方式較單純且不需要高等技術，誰學了都做得出來，過去可能是主流，但它需要的樹皮很貴重且耐久度較低，在我們觀測的時期已經比較少見。

　　（D）是放貴重物品的小盒子，用於暫時保存治療中的寶石的碎片等用途。

　　（E）是工具盒，像是服飾負責人會用來收納裁縫工具，醫療或是武器負責人會用來收納非常細小的工具等。

　　（F）是有附鎖的容器，不知道用途是什麼，沒有觀察到鑰匙。

椅子‧桌子

即便 Y-3579203181277 的重力是隕石撞擊出衛星前的三分之一，寶石的體重仍然沉重，我們能從椅子的構造，窺見木工負責人思考如何支撐寶石的煩惱。畢竟木材太少，大部分椅子都只做了三隻腳，用途就只是讓寶石短暫休息時不會直接磨擦地板、弄髒身體，他們似乎很少長時間坐在椅子上。椅子時常需要維修，用途也稱不上合理，有人指出可能是在重現古代的生活方式上有重要意義，當成生活中裝飾品的成分居多。還有特立獨行的學者主張認為，這麼多三隻腳的椅子是在表現「古代生物的老年」。

（A）是最初期的椅子，用的是樹的根部，奇蹟似地保留了下來。太重了，不適合搬來搬去。

（B）是最常用的板凳，他們除了拿來坐，更常拿來放制服或是把劍靠在上面。

（C）的造型很獨特，重現了樹木枝幹的樣子。椅面是布座墊，裡頭塞了枯草。損傷修復後使用。

（D）是高腳椅，放了很多張在自由活動空間。多數寶石都在各自的崗位上忙碌工作，椅子比較像是室內裝飾。就算是就寢前聚在一起聊天的寶石，也多是拿墊子來地上墊著，沒什麼在坐椅子。

（E）是襬在戰情室的長椅，寶石會暫時坐在上面等候指示。

桌子不像椅子那麼多樣式，數量也比較少。（F）那種兩隻腳的是基本型，還有（G）那種有小抽屜的。

（H）是腳踏台。（I）是梯子，需要拿放在醫務室高處的物品或是要為冬眠室貼板子時就會使用，必須很細心注意身體重心移動，不習慣使用方式的話梯子會傾倒。

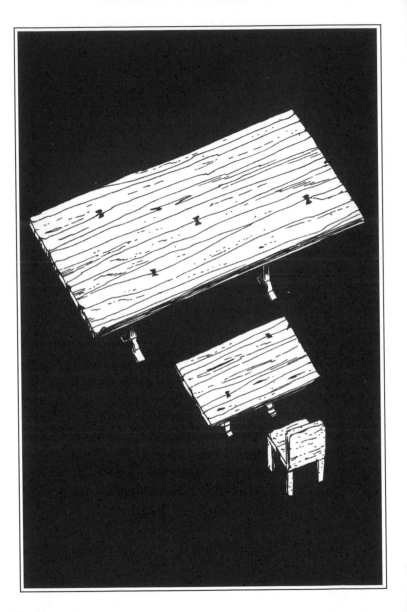

教育

　　和其他生物的新生兒一樣，剛生下來的寶石都很純真無邪。出生的頻率範圍很廣，從一百年到一千年都有，偶爾會有產下雙晶或是同時產下兩個等例外，但基本上都會與金剛上一對一的基礎教育課程。

　　剛出生的寶石會坐在小椅子上，每天上十五分鐘左右的簡短課程，持續三個月。他們會被教授從隕石撞擊至今所謂「世界起源」的歷史，但比起單方面灌輸知識，更是要藉由上課時的反應找出寶石學生的特質，打聽出他們有興趣的領域並徹底瞭解個性，以決定他們在群體內的角色。

　　拿觀測期間看到的例子來說，黑色多晶體鑽石「黑鑽石」的硬度最高、受鑽石特有的解理影響較少，身心都堅強無比、身體能力超群、思考理性以及做事俐落，最適合主導戰鬥。「藍柱石」硬度高，但是縱向解理明顯，易碎的身體特質反映在他的個性上，擁有謹慎、思考多面、縱觀全局的視野，同時又擁有對弱者的柔軟同理之心，因此成為了優秀的領導者。像這樣，大多數寶石的身體特性都與心靈直接相關。

　　若要舉個例外，那就是「磷葉石」了。他的身體脆弱易碎，卻有著與之完全相反、想被認同的強烈欲望，但是寶石的基本身體能力是無法改變的，因此他一直沒被賦予社會上的角色，研判這可能是內含物有問題或突變而導致。另外像「辰砂」的莫氏硬度更低，身體又會流出有毒的水銀，有這些不適合群體生活的特質，卻有高度智慧且極度自制，因此為自己決定了角色。

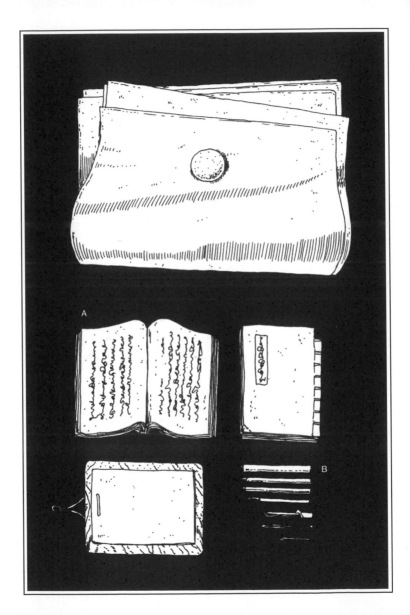

A

B

紙類・筆記用具

　　記錄等用途的紙類是造紙負責人製作的，原料是沒用在布製品、較硬部分的「麻」。用於織品的柔軟部分稱作「柔麻」，用於紙的部分是「紙麻」。「麻」的收成期是每年秋末，會特別揀選後在冬季時埋在雪裡使之結凍，春天時再回收，除去硬皮和髒污，反覆進行三年後，即可斷開硬的纖維，以陽光曬乾就能變得柔軟白淨。第四年先用木棍壓一壓，再把膠糊狀的「水仙」的根搗碎，跟汲取自前庭池（P.58/B）的地下水一起攪拌，再用木框將紙的水分瀝掉晾乾，若保存得好，可以做出一千年都不會劣化的紙張，切裝訂成冊後用來當做記錄用的媒介或是筆記本（A）。廢紙都會徹底回收，因為紙被視為貴重物品。造紙過程中不會用到熱能是其特點。

　　筆記用具（B）是蒐集在「緒之濱」懸崖附近露出地表的褐色炭，將之與黏土仔細攪拌，放入模子成形乾燥後用紙捲起來使用。

　　記載在紙上的語言文化極為獨特。令我們苦惱的是，寶石的口說語言和記述文字之間完全沒有任何共通性。書寫下來的文字就像高難度密碼般難解，即使是本研究所也尚未能解讀。相較於社會發展的時間長度，儲存的紀錄非常少，沒有全書類的書籍，大多只限於散文類的日記等個人紀錄。也因為解讀困難，記述難以被活用。有人指出這可能是他們拒絕讓別的文明解讀，意圖不讓紀錄留存後世，是有待今後研究的一個龐大課題。文學創作類的作品當然不存在，頂多偶爾會看到簡單的詩。

寫生圖

　一如前項所述，就算跟我們進行各種社會觀測／觀察的統計相互比對，Y-3579203181277 的紀錄還是少得很不自然。通常社會若處於戰爭狀態，紀錄對戰爭後的情勢來說再重要不過了，因此有必要書寫下正確的歷史。但是他們並沒有這麼做，不知道是因為寶石近乎永生不老，所以憑藉記憶將口傳當作主要傳達手段，或者這是社群領導人金剛的意圖，還是因為金剛不需要外部的紀錄媒體（細節參照 P.65），我們還在調查是否有其他理由。

　為數不多的紀錄裡，有著寶石「紫翠玉」獨自記錄敵對勢力「月人」（P.68）的寫生圖。我們從以前就掌握到這個敵對勢力的存在，並從寶石的言行中研判他們會「因敵對勢力的採收而失蹤至 Y-3579203181277 衛星」，因此嘗試進行觀測，卻被以先進科技切斷了資訊來源，只捕捉到微弱的能量移動，因此對於這些寫生圖的真偽，我們原先持保留態度，後來得到「月人」回應才有了結論，認為這些素描相當精確。「月人」鮮少回答軍事相關的問題，因此這也成了非常珍貴的資料。實際的繪圖旁還附了可能是說明的文字，我們尚在解讀中。

　（A）研判是抵達時的月人戰艦，中央的巨大石像拿著的似乎是採收寶石用的容器（A-1）。兩旁那些可能是裝飾，也可能是兵器（A-2）。（B）是齊射向寶石的箭矢，素描裡畫了很多，很有可能是主要的武器，由構造來看應該是在空中放箭。（B-1）由構造來看應該是水中用的箭矢。（B-2）是大小弓。（B-3）的長槍推測是空中放箭齊射後近身戰鬥時使用。

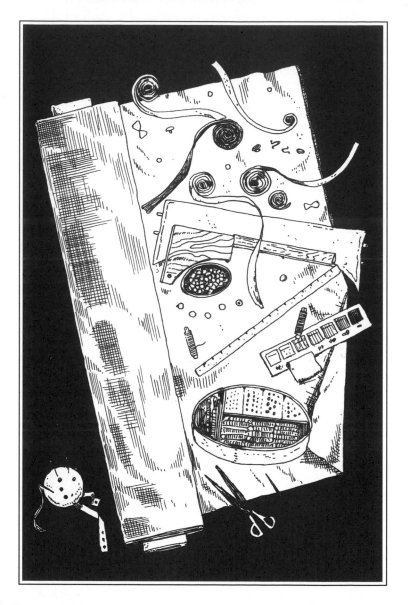

布・裁縫工具

　時尚是這個星球最發達的文化，就算這個環境原料貧乏，歷代的服飾負責人還是挹注了源源不絕的創造力和熱情。被修整成相同模樣的寶石穿上簡約而高雅的服裝後，顯得更加美麗而有一致性。

　跟在冬服（P.10）項目介紹的一樣，寶石會採收及腰的「麻」的莖，曬乾後去皮，將纖維做成有著高貴光澤、亮灰色的扎實布料。他們有很樸素原始的木製縫紉機，是這個星球少數製造使用的其中一種機器。

　「麻」並未進行大規模栽培或是生產控制，可由此窺探到他們拒絕技術進步。針和剪刀等裁縫工具是由武器負責人製造。有關染色在冬服（I）（P.11）也有描述過了，是用天然方式上色，色彩有黑、白、黃、紫等。縫製全都是手工。

　這星球上幾乎看不到文學、音樂和繪畫表現，時尚是唯一有藝術性的事物。不知道是否因為寶石這生命體本來就對藝術文化或娛樂不太有興趣，還是因為金剛如此教育，又或者是因為長期處於戰爭狀態，這些藝術就算出現也沒有發展的餘地。

清掃用具

　寶石的能量來源是光，會將陽光從體表吸收進體內後反射增幅，讓「內含物」消耗後再從體表釋放，相當於生物的代謝作用。吸收與釋放的光成分不同。體表就算抹上了膠糊和白粉，光的吸收率僅會減少百分之二，若是透明度較高的寶石，可以直接從頭部確認體內的反射。寶石精神高昂時反射率會上昇，閃耀程度增加，吸收率也會提高。寶石們稱這種吸收光的行為叫「吃陽光」。

　寶石不會因細菌或病毒污染造成疾病或死亡，因此其實不必在意公共衛生，不過或許是因為金剛的教導，他們有非常強的清潔觀念。為了時常保持他們居住的建物「學校」(P.58) 的整潔，他們會使用「麻」編織成的掃帚和木製的畚箕仔細地掃除垃圾。觀測期間中，清掃建築物內部的是以「翡翠」和「藍柱石」為主、所有有空的內勤人員負責。單人房則由寶石自己清掃。

　(A) 是用來清掃公共空間或單人房的大型掃帚。

　(B) 是用來蒐集醫療用或製作器具用的細小碎片。

　(C) 是用來清掃桌椅、窗框等細部的掃帚。

　(D) 是衣服的刷子，為了讓貴重衣物用得久，外出後會好好地用它把灰塵清掉，因為島上室外空氣經年非常乾燥，因此容易沾染沙塵或鹽分。此外，寶石雖然不需要沐浴，有時候也會用小掃帚去除身上的粉塵。

　(E) 是木製畚箕。

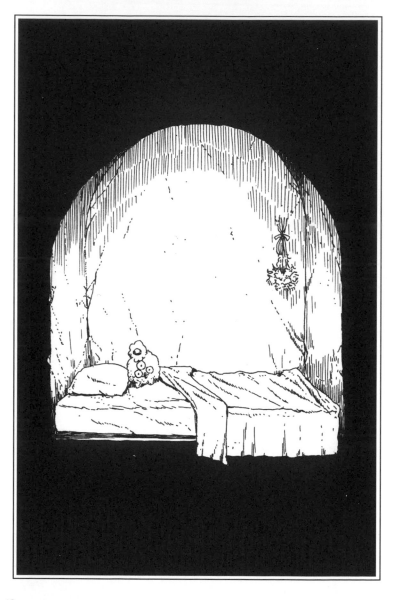

寢具

　　寶石都有各自的單人房，但幾乎都沒有什麼個人物品，椅子、衣架、巡邏時撿到拿來放漂亮果實的小盒子、器皿、照明用具等等全都是租借制。學校二樓是三十餘間單人房，牆壁挖了拱門形的凹穴，裡頭鋪上塞滿曬乾的「麻」的墊子，就成了床。枕頭也是塞滿曬乾的「麻」，被子的布料也是「麻」。由於「南極石」只在冬季結晶化，只有他的單人房會設置水池代替床鋪，讓他化為液體夏眠。池內的水是由金剛管理，會定期補充合適的地下水。

　　觀測期間的夜裡沒有月人來襲過，寶石的平均睡眠時間是十一小時。夜裡不會完全動不了，只是活動力會下降百分之二十七左右。另外寶石的視力不是那麼好，夜裡更是看不清楚，不利於夜間工作，只有自發性在夜間巡邏的「辰砂」會在夜裡活動。

　　寶石對溫度變化相當遲鈍，這座島夏天颳著焚風，冬天被流冰圍繞著，他們卻似乎都感受不到變化。已確認就算年溫差高達 130℃，除非把他們浸入酸液裡，他們並沒有「熱」的概念。此外，我們認為他們耐寒能力更強，由此可見蓋被子並非為了保暖，形式上的意義更強。

　　在觀察期的後期，每個寶石都配發到了一個布偶，外型設計像是幼犬，裡頭塞滿揉成一團的舊布，似乎很受寶石歡迎。這個布偶有著酷似重要人士護衛（P.102）的特徵，但與之關聯不明，仍在調查中。

長期休養所

　　學校的三樓空間寬廣度僅次於一樓，被稱作「長期休養」。整層樓全部鋪上了淺淺的一層土，種了低矮的耐陰性植物。這深綠色樓層的角落設置了三列蓋著白布、猶如巨大棺木的層架，其中整齊排列著各種大小的紙箱。紙箱輕巧而堅固的外部通常疊了很多層的紙，壓上浮凸花紋後再塗抹上一層樹脂，內側則鋪上有美麗刺繡的布，製作得相當莊嚴，裡頭小心保存著被抓到月亮的寶石的殘餘身體。

　　若考量到寶石的歷史，擺放在巨大層架上的碎片總數不成比例地少。由建築結構來看，就算除去土壤，地板整體仍舊比以前高，由此能想見那層淺土下還存放了無數個箱子。我們推測古早年代的寶石碎片是存放在土裡，只是空間愈來愈少，因此現在改安置在層架上。

　　陽光灑進來，深綠色的廣場充滿著安祥與寂靜。「在其他碎片從月亮回來前，就在這好好休養吧。」這可視為這個場所設立的意義，也有看法認為這是沒有死亡概念的生命體的埋葬方式。只不過在觀測期間內，沒有寶石從碎片狀態復活。

昆蟲

　　昆蟲類是這座島上數量最多，大小僅次於礦石生命體的生物。但說數量最多，其實也僅有大約二十種左右，大部分是以草、花粉還有花蜜等為主食，研判是因為肉食性昆蟲生存需要食用的蟲太少，也因氣候極為嚴峻等諸多不利條件而被淘汰了。這些昆蟲因為沒有外敵而達成獨特的演化，身上帶著五顏六色，就像在享受時尚打扮一樣，毫無警戒心。

　　（A）是全長可達三十公分的巨大蝴蝶「黑羽絨蝶」，飛行速度相當快，風強時會整群在天空滑翔。（B）是擁有螢光黃翅膀的美麗蝴蝶，與普通蝶類不同，沒有頭部及腹部，而是從雙翅連接處吸食花蜜，再以沿著翅脈上的管子將營養輸送到全身。喜歡停在寶石的頭髮或鼻頭上，好像很可愛，其實是在補充礦物質。（C）是腹部肥大的「白蝶」，死後寶石會把牠發酵的腸子用於漂白。（D）是外形像緞帶的草食性蚜蟲，尾巴部分是鑰匙狀，會掛在沒有羽毛的輕量甲蟲（E）的角上，幫甲蟲移到牠喜歡的草上，甲蟲則從角分泌出蜜給牠，當做車馬費，形成一種共生關係。（F）是很難用肉眼直視的全透明蝴蝶，尚不清楚透明的意義為何。（G）的飛蝨科昆蟲跟牠們完全相反，前翅像有雲朵飄浮的天空，後翅帶有紅色圓點，頭部則是紅底白色圓點，背部有愛心的形狀，從頭頂還會發出「哈囉」這種奇妙的聲音，相當引人注意，一樣不清楚有什麼意義。（H）是不同個體有不同顏色的彩色甲蟲，最近才出現，可能是模仿寶石的品種。其他還有成蟲一千年才會一次大爆發的蝴蝶，以及以這種蝴蝶為食，一千年只孵化一次的「花螳螂」。這種「花螳螂」是單性生殖，會配合蝴蝶成蟲的週期產下卵囊孵化，然後就結束一年的壽命。觀測期間裡，我們確認了這種「花螳螂」是這個生態系裡唯一的肉食昆蟲。

植物

　植物的數量和昆蟲一樣不多，僅三十幾種，在此介紹寶石生活中比較頻繁用到的種類。

　（A）是薔薇科的一種，被直接稱為「野薔薇」，會在初夏和秋天開出紅色或白色的美麗大花朵。秋末結下的紅色果實裡頭儲藏著保護種子的黏液，這種黏液是黏接寶石時使用的「薄糊」的原料。花香美妙芬芳，寶石會依個人喜好拿來裝飾。

　（B）是麻科的近緣種，也是布和紙的原料，是用途最多的植物。高度會生長到一公尺，花色從淺藍色到白色都有。黑色種子含油較多，用在木製品最後的加工。

　（C）是五加科的其中一種，稱為「阿达」。群生於南岸沿海，折斷它又粗又硬的莖會流出黑色的乳汁，會拿來當作黑色染料。

　（D）叫「冬科耶美」，春天初來乍到時會從雪裡露出來，是惹人憐惜的球根植物。雌蕊乾燥後可做為黃色染料。採集這種花朵是冬季負責人為整個季節劃下句點的工作。

　（E）是白粉花科的植物，直接稱為「白粉花」。夏末結的種子是球狀，直徑五公厘左右，寶石會把裡頭白色的粉狀胚乳當化妝品使用。

　以上這五種都是野生種，不需要人工栽培。不是每年都能採收到需要的量，不過平時就會儲藏，等個幾年收穫量就會恢復，不是什麼很嚴重的問題。

　（F）是島上唯一的園藝種。這種天竺葵屬的多年生植物，會栽培在學校的陽台或是個人房裡，生命力強韌且耐陰，除了極寒期以外四季都會開花。花色很多樣，寶石會在自己房間裡培育自己喜歡的顏色。實際名稱不詳，學校裡提到的「花」，都是指這種花。

照明水母

不使用火是這個文明最大的特徵之一。幾乎沒有寶石看過火，即使觀測期間裡夏季會因氣候過於乾燥，野外有部分發生了幾次自然火災，都是由金剛火速撲滅。期間內沒看過寶石身體被燒掉，不過曾有過被酸溶解又重新結晶恢復的例子，因此即使身體被火燒掉，不排除有透過把灰燼重新固化，或是把灰燼移植到新的礦石以恢復個體性的可能。

水母是水棲的膠質生物，在十字形口部與之共生的發光細菌會發出很強的光。牠們是雜食性的，以水中浮游生物為主食，最愛吃「亞麻」的黑色種子，金剛和其他寶石會給牠們吃這種種子當成零食或獎勵。水母喜歡淡水，學校建築的前庭池的地下水裡養了約　百隻，寶石們需要時會用木製容器把水母跟水一併撈起，再放到專用的台子上當做照明器具。牠們的好奇心很強，會爭先恐後想先泡進去。

水母的智商相當高，能理解寶石的語言，依據他們的命令調整光色和光量。此外我們很常看到巡邏回來的寶石與水母的觸手擊掌。牠們非常親近一部分的寶石，這一百隻都有取名字，每一隻他們都認得。

水母若是受傷或老化，就會發射稱作「水螅」的物體，捨棄掉身體，水螅會固定在池底，從那裡重生出新的身體。雖然極少發生，牠們也可能會在這時分裂出另一個身體，數量因而增加。

水母本來棲息在海裡，當初是為了當成照明燈才開始人工飼養，不過由於艾德密拉畢里斯（P.109）的濫捕數量銳減，如今已幾乎看不到野生種了。水母偶爾會被打上海灘，巡邏的寶石見狀會拯救牠們。

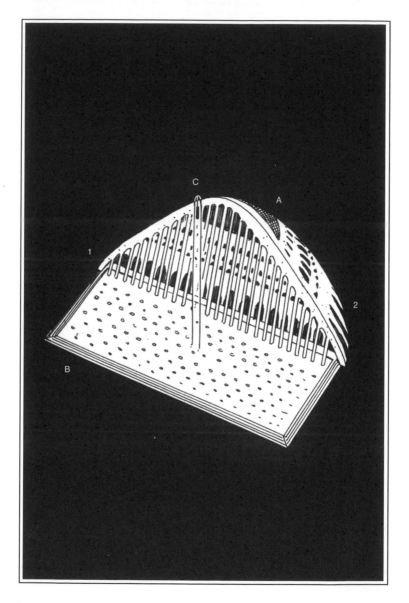

學校

　　這棟大型建築物是寶石們的生活據點。這顆巨大的沉積岩原本就在陸地上，主要成分爲石英，我們認爲是金剛將它加工改造成「學校」。具備相當的強度，不太清楚是如何形成的。池側 (B) 爲南邊。山型的居住用建築分成五層樓。

　　一樓從西側 (1) 開始依序爲保健室、服裝製作室、戰情室、武器製作室、木材工藝室、紙製作室，東側 (2) 則有自習空間，中間最裡頭是金剛的講桌；二樓有三十間左右的寶石單人房，水池側有共用的陽台；三樓是長期休養所 (P.50)；四樓是冬眠室；五樓是金剛的冥想室。愈上層地板的面積愈小。

　　(B) 的前庭池汲取地下水，能夠養育類似布袋蓮屬的水草。它袋狀的葉子含有氧氣，因此浮力很強，就算乘載數百公斤的寶石也不會沉下去。想要抄捷徑時，很多寶石會踩在浮萍上穿越前池，不過浮萍上很不好移動，因而經常掉進池裡，讓池裡的水母很慌張。

　　(C) 是小型的鐵鐘，設置在木製的柱子上。敲鐘主要是當月人來襲，接收到巡邏寶石的警報後好通知其他四散各處的寶石。鐘響的運作機制是推入插在池裡的石英柱一部分，在池裡透過釣柱讓繩索綁著的吊鐘內部的撞木擺動敲出聲音，是爲數不多在這星球上製造使用的機械裝置之一。推入機關有不同段，響聲次數代表月人出現的方位。鐘是金屬製，是這座丘陵上唯一的鑄造物。由外型等等看來，應該是社會最初期由金剛鑄造的。如同上文所述，這個社會沒有用過火，因此另有人指出可能當初是爲了別的目的所製造。

丘陵

　　這座丘陵所在位置是從 Y-3579203181277 的北半球基準點 C 算起北緯 45° 12'38" 東經 3° 18'01"，是這顆行星唯一的陸地。地形近似沙嘴，全長約 13.7 公里。四季分明，春秋短暫，天晴會颳強風，夏季吹熱風、很乾燥，剩下半年則被深深的積雪和流冰閉鎖著。氣溫上，夏天最高 60℃，冬天最低 -70℃。全年都非常乾燥。叫「丘陵」，但實際上是座島。

　　取地名是要讓寶石指派巡邏場所或採收植物時方便理解的權宜之計，地名由來有方位、地形或地表顏色等等。

　　(A)「界之崖」，離學校最遠的懸崖，只有金剛偶爾清晨時會過去。

　　(B)「緒之濱」，八層的沙地有岩礫圍繞著，從那裡的懸崖產出寶石。

　　(C)「西之濱」，有片廣大平靜帶著美麗薄荷藍的淺海。

　　(D)「西之高原」，面海且視野遼闊的開闊高原。

　　(E)「間之原」，海邊沿岸有「阿迭」的叢生地。

　　(F)「南之濱」，學校南側的海濱。

　　(G)「星之丘」，地面隆起，有凸出來的六芒星型雲母。

　　(H)「北之沼」，朝學校正北方外擴的濕地。

　　(I)「白之丘」，光線明亮的丘陵，附近有「麻」的叢生地。

　　(J)「黃之森」，幾乎都沒葉子的細瘦樹木的森林地帶。

　　(K)「青之森」，有「白粉化」的群生地。

　　(L)「切之濕原」，很空曠但給人有點陰暗印象的小濕原。

　　(M)「雙之濱」，向海延伸，地形一模一樣的兩個海濱。

　　(N)「虛之岬」，懸崖上有洞穴，寶石「辰砂」曾經待在這。

　　(O) 學校。

座禪檯

　　金剛坐的木製台。金剛的冥想室設置在學校五樓，沒有其他家具。因為金剛沒有自己的房間，負責木材工藝的寶石幫他製作了這個台子。六角形是因應金剛的要求，有痕跡顯示曾經上過五顏六色，外觀已經有剝落但還是持續使用到現在。

　　金剛會坐在台子上進行「冥想」，坐上去後會六小時到好幾天都不會醒，途中沒有人能叫得醒他。我們推測他是在休養生息，或者因為他本身的特性 (P.65) 內部在進行某種處理，需要花點時間。

　　金剛是由古代生物所創造，我們推測當時他若需要維護，就會使用這個形狀的底座，細節會在下一項說明。從冥想的時間變得愈來愈長來看，我們認為也許金剛也有壽命。

金剛

　我們從以前就已經確知有位管理所有寶石的領袖人物，而這次總算成功捕捉到是這個個體「金剛」。他並非與寶石有直接關連的物種，是很久以前的古代生物所創造的機械生命體。由於資訊解讀的訊號已經被高度先進文明切斷了，關於他的細節不明。目前看來已經存在於 Y-3579203181277 少則數萬年，最多到數億年，主要組成元素為碳。身高兩百公分，體重 1.75 公噸。製造年月日不明、壽命不明、能量來源不明、生殖能力不明。也有研究者懷疑他是永動機的試作品，目的是要移動到星系之外。

　從與寶石們共通性少的獨特外貌，以及蓋住身體的厚重衣物來看，我們推測他的製作帶有古代的宗教意涵。在三件白色衣物外再穿上黑色衣物，並且穿著用很舊的布縫成的六角形披肩式長袍。衣服細節會隨著時代改變，不過樣式大多是固定的，或許是在衣服上有所規範。衣物有隨著時間經過變得更為簡約樸素的傾向，想來是為了控制貴重布料的使用在最低限度。

　性格理性又溫柔，會為同伴著想。對寶石一視同仁，似乎記得彼此所有的互動情況。雖然不需要冬眠，但因為會和負責冬季的寶石有一對一的交流，為了隱藏自己的真實身分似乎負擔更加沉重。雖然看來是正以古代知識為基礎建立一個社群，他未曾主動談起相關的事，似乎是被禁止表達大部分的資訊，特別是與文明類的技術發展領域相關的部分。此外，藝術方面也幾乎沒有談起過。近期我們確定觀測到他釋放出非常強大的能量，還請等候我們今後的報告。

第二章
Y-3579203181277 衛星圈

Y-3579203181277 的衛星有六個,最大的衛星是

・Y-3579203181277-A

從觀測結果暫定以下的體積排序:

・Y-3579203181277-A-1

・Y-3579203181277-A-2

・Y-3579203181277-A-3

・Y-3579203181277-A-4

・Y-3579203181277-A-5

這些衛星稱為「月亮」。

我們過去曾預測 Y-3579203181277-A 上可能居住著做為寶石敵對勢力的智慧生命體,但是我們的觀測被他們刻意截斷,以我們的技術無法掌握到衛星形狀以外的內容,他們的存在只能從他們與寶石的戰鬥、言行及缺損來推測。

從生態保育的觀點來看,與觀測對象接觸在此之前都是禁止的,不過對方擁有比我們還先進的文明,對觀測對象的影響會比較少,於是我們獲得了許可,得以對他們丟出若干問題。我們在送出問卷後等了非常非常久,終於幸運獲得好幾個項目的答覆,讓我們能揭開他們獨特生態的部分神祕面紗。如同寶石們所稱呼的,他們是自稱「月人」的種族,建立了很先進的文明。接下來,我們根據他們傳來以文化為中心的珍貴回覆與資料,加上從自己的觀測研究推測出的想法來為大家解說。此外,他們提供的資訊裡雖然還附有意念圖像資料,但只能直接閱覽,不同閱覽者接收到的資訊也有相當落差,也無法複製到任何其他媒介上,因此我們依照前面章節的畫風,將接收到的平均資訊繪製成插圖。

月人（I）

住在 Y-3579203181277-A 衛星「月亮」上的都市 (P.72) 的智慧
生命體，自稱為「月人」的種族。不是 Y-3579203181277-A 的特有
種，起源不明但相當古老，應該是創造出金剛的古代生物滅絕後才
出現的。定期會搭乘軍艦 (P.42) 造訪 Y-3579203181277-A，目的是
「採收天然礦石資源」。

有著非常輕盈的霧狀身體，發出淡淡的珍珠色的光。肌膚表面會
有遊彩現象，常常七彩變化。身體柔軟，受到很普通的撞擊就會化為
霧狀，但也相當容易從各種損傷恢復。

沒有壽命和生殖能力，也不會老化，表面上看起來好像有分雌雄，
但那只不過是身體差異，性質其實都一樣，沒有性別之分。由於長年
對自我意識的訓練，他們可以變換自己的外觀，可以看到實際的月人
外貌豐富多樣。

就我們這次收到的整體回覆來看，大部分的月人都很有智慧而且冷
靜敦厚。回覆裡隱約可看出他們有位具強大領袖特質的人在領導整個
種族，但我們不太能取得該個體的具體資訊。月人有如此豐富且文明
化的都市生活，看來是因為有這個代表人物統治。

這張圖是以月人軍裝為例，呈現出附件意念圖像裡平均出現的樣
式。隸屬軍隊的月人在前往 Y-3579203181277 採收之際，需要遵守規則
做特殊化妝（體型的統一、隱藏住瞳孔的虹彩、讓耳垂變大）。

月人軍裝上的披肩等與金剛有共通點，由這點研判，採收寶石並不
是單純的回收天然原料，而是有與金剛有關的其他目的。

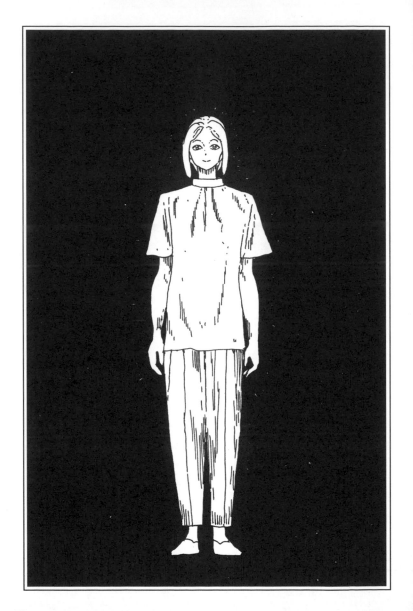

月人（Ⅱ）

　　這是月人平時的模樣，與前項是同一個個體。頭部有著像觸角的器官，依個體不同有「豎耳」、「垂耳」兩種，但性質沒有差異。在穿著軍裝時隱藏的瞳孔與虹彩與體色相同且會發光。

　　市民可大致分為「軍人」和「一般市民」，但待遇沒有差別，可以隨自身意願變換身分。既有職業可自由就業，若想創業或自主經營，則必須通過道德或公共利益相關的嚴格審查方可從事，對於開發相關的審查則更為嚴格。

　　在回答中看到的月人市民的平均日常生活，以我們的標準來看可以說是「極為平凡」且「幸福」。起床後吃過早餐就開始工作到午休，午休結束就繼續工作。在晚餐前結束工作去採買，接著吃晚餐，最後就寢。依循三天工作、三天休假的原則。此外都市（P.72）融化時會同時自動打掃，所以不需要個別打掃。這種便利的「清掃融解」就算是軍事設施或政府相關設施應該也會定期手動執行。

　　觀測期間內多位受「磷葉石」主導而失蹤的寶石，他們已公開表明自願移居到月亮。相關的個體名字及現況如下（以硬度排序）：

黃鑽石／療養中。

鑽石／以歌手身分活動中。

蓮花剛玉／療養中。

紫翠玉／餐飲店店員。

透綠柱石／運動用品店店員。

黑水晶／研究所人員。月人領袖的伴侶。

紫水晶／研究所人員。

藍錐礦／餐飲店店員。

磷葉石／沒有紀錄。

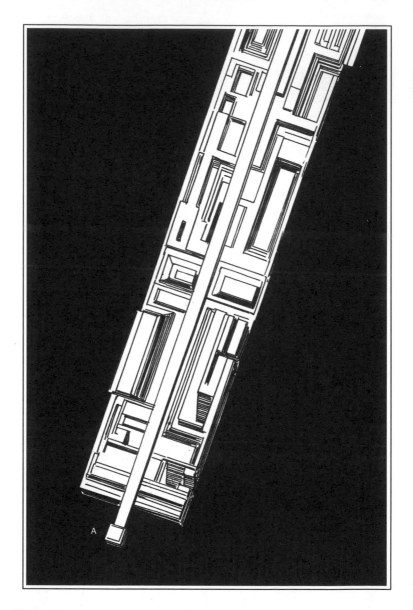

A

都市外觀 （局部）

　　這是位於 Y-3579203181277 六顆衛星上某處的都市，通常拒絕讓我們觀測，這次特別公開了都市的部分外觀資訊，主要是民間設施區域，只有前面的起降場爲軍事相關設施。形狀類似鉍結晶的集合式建築爲其特徵。

　　根據資料，這個民間設施區域裡有市民住宅、商業設施以及娛樂設施，最大特徵是每天都會改變形狀和位置，或許因此才認爲就算公開也無妨。到了深夜，這個區域會融解，月人及他們的私人物品會被帶花香的油包覆並就此睡去，到了早上再隨機重新生成。也就是說在公園旁的集合式公寓二樓入睡，早上可能會在有庭院且能仰望遊樂園的平房醒來，或是高台上的咖啡廳隔天到了泳池旁散發濃濃咖啡香。這個系統是爲了讓極其漫長的生活有點變化，消除一些倦怠感而設，有九成市民自願住在這個地區，而剩下的一成研判是政治及軍隊相關者，因爲資訊機密性而不住在這個「融解都市」。

　　支撐著都市本身以及富裕的都市生活的這種以礦物油爲本的可塑性物質，其實際成分研判是從月球內部湧出的礦油。由後項會介紹的答覆內容看來，他們採取極力降低原料消耗的處理方式，達到百分之百的回收率，完成這座幾乎經得起永久使用、具備完整永續建築特性的都市。整體面積不明，不過他們很重視都市管理維護的可能性，可以想見不是非常大。

　　我們嘗試從 Y-3579203181277 與衛星的表面計算地層年齡來推斷這個社會的歷史，但尚未成功。然而從這座都市的完成度來看應該相當悠久流長。

都市運作機制

　月人不是會增殖的生命體，一個個都是獨立的健全個體，主要靠職業或交際維繫彼此一同生活，建立社群。大衆可大致分爲隸屬軍隊的公務員和普通市民兩大族群，社會待遇沒有差別，立場也並非固定不變。不存有統治階層或特權階級，但是他們的回覆裡有出現稱爲「BOSS」的種族代表人物。

　推測沒有貨幣機制，只要沒有違反道德範疇，想要的東西幾乎都能取得，可以申請開發不存在的物品。會以「想要的物品」還有「增加休假」兩種形式給付與基礎建設有關的軍人薪水，資料中有出現「有給薪」一詞，推測過去曾有過貨幣機制。不過大概就像不少其他星系嘗試過的，貨幣不只難以控管，以此爲基礎的經濟體也在發展上有所偏限，更使社會分裂、短命化，弊大於利，因此被淘汰廢止，只留存少許痕跡在語言之中了吧。

　都市管理負責人（沒有記載名字）回答了若干問題：「我們這座都市的歷史悠久又複雜，物質方面的富裕程度已經到了極限，過去曾經很堅持要有個人的財產，現在已經沒有什麼意義了，可以說除了死亡以外的必要之物都可以供給。以我們的感覺來說，個人的私有物變少才最能減少我們精神上的疲乏，讓我們感到眞正的充實。都市徹底利用再生物質來達到永續恆久不變，以市民健全的生活爲第一。市民因爲自身生命體的性質以及這座都市的完成度，就算不工作也活得下去。只不過賦予他們職業和角色的牛存價値，讓他們維持心靈上的健康也是我們施政的義務。」

飲食文化

對於下班回家的月人來說，在都市融解前上街逛逛比什麼都還令人期待。市民有九成一天會外食超過一次，特別是有跟寶石戰鬥的那一天，繁華的大街上會滿滿都是穿著軍裝的月人。紛雜的餐飲街上各式各樣的店家林立，每天都會變換。不知道是不是因為長壽而很挑嘴，對味道的要求很嚴格。

根據資料，統計時最受歡迎的店是「咩咩咩飯店」（A），新主廚推出的各種新詮釋的料理掀起話題，其中以激辣擔擔麵和煎餃最受歡迎。第二受歡迎的是「Super Hot Plume Burger」（B），放了七種食材的漢堡和細切炸馬鈴薯最有名。以做工細膩的壽司為亮點的「御影」（C）、味道有深度而清爽的水果湯咖哩名店「Neon」（D），這兩間也都深獲大眾好評。咖啡廳和甜點店也有很多間，我們認為「飲食」是他們最重視的文化之一。

距離住宅區比較遠的地方，很多營業到都市融解為止的酒吧。他們所提供的酒類只是忠實重現味道而已，裡頭沒有真的酒精，此外他們還有一種帶菸味、讓人成癮的東西，不過它只會飄出煙，不會排出有毒物質。

資料顯示他們的飲食文化非常豐富，但目的只是品嚐香味和口感。一般生物時常得面對的營養或健康問題，他們都不用顧慮，所有料理和原料都跟服裝、日用品一樣是以礦物油製成的可塑性物質。有廁所存在，由此推測月人可能會咀嚼食物，但似乎只是讓食物通過身體而已，應該是為了要透過資源再生設施再利用於其他用途。

傳統料理

月人進食並不是爲了攝取能量，而是一種享受味道的娛樂。其中有種稱爲「傳統料理」的桌菜套餐，是種客製化、讓客人享受新奇烹飪表演的飲食方式。共同體驗使用形狀做得不好拿的餐具享用量少的餐點，一邊開心地聊天。所有原料都和日常的食物一樣是以礦物油製成的可塑性物質，可以合成任何口感、化在嘴裡的感覺及味道。

在此介紹當時爲造訪月球的寶石「磷葉石」準備傳統料理的餐廳「Lycaon」主廚利薩濟回答。

「這些傳統料理在很久以前我每天都要煮，但現在大家聚餐的機會明顯減少很多，已經完全沒在煮了，身體倒是都還記得步驟呢。我注重的是如何不失傳統懷舊感，但以現代感重現這些料理。」

「(A) 的原型是漢堡，裡頭可以品嚐到溫溫的生菜風味。(B) 是壽司的原型，加了十種透明的膠凍，在口中混合時會重現各種海鮮的風味。(C) 是主餐 —— 花排，本來是家庭料理，做法是將花粉醬煎炒一小時來盡可能引出甜味，有十二種風味自由選擇。(D) 是店裡引以爲傲的白砂麵包。(E) 是青煙豆雪酪。這次的飲品也全部都是舊式風格，總共準備了 (F) 氣泡奶油酒、(G) 星星香檳、(H) 雙層水、(I) 預言氣泡水。此外，本店還有可以調出兩萬種以上口味的調酒師。接待過磷葉石之後，這種新式懷舊料理的預約已經排到一百年後了，請外宇宙的各位也務必來品嚐一次。」

發光餐食

在出現移居月球的寶石後，隨著他們適應月社會，同時也出現了這樣的發光餐食。寶石攝取能量的方式是從體表吸收陽光，並不習慣攝取實體的飲食。他們白天待在屋外就能迅速獲得能量，就算在室內，仍然有光線能讓他們自動獲取能量，也能進行一定程度的儲存，因此冬眠等時期即使行動變遲緩，仍能靠儲備的能量度過。發光餐食的研究開發者、同時也是料理研究家的巴爾巴塔跟我們解釋了細節。

「我本來的專業領域是農業，後來為了準備慶祝月人與寶石結合的大規模慶典，因個人興趣和研究心，才著手開發可以象徵這個慶典的新式料理。也有朋友問我，要讓寶石早點習慣我們的生活模式，不會感到無所適從，是不是可以從飲食文化開始。透過身在月球的寶石協助，我才知道他們的能量來源可以不是陽光，不只體表，也可以透過口腔照光，並發現光的強度和種類不同，會改變他們感受到的味道。」

「發光餐食作用的方式是放進寶石的嘴裡產生撞擊，以上下顎壓碎時發光，因此最好是做成易碎的固體狀，並且能一口放入。容器只要吐出在空氣中就會霧散，自動回收到工廠。寶石吃得出來的味道還很少，最好辨認的是甜味，再來是辣味。甜點類加工容易，外觀看起來也跟寶石相近，比較容易讓大家覺得寶石跟我們吃的食物一樣。」

這種專門給寶石吃的美觀食物因為新穎又刺激的味道，在月人之間也相當流行。

合成珍珠

　　要說「月球的土產絕對是珍珠」也不爲過，從他們回答的資料看來，裝飾品裡最受歡迎且最普遍的就是珍珠了。雖然名爲珍珠，其實沒有用到活的貝類，它那複雜細緻又美麗的天然質感，是利用完美的合成技術製作出來的，以下是樹立這項高度技術的研究者塔斯拉的回覆。

　　「我們柔軟的肌膚跟珍珠柔和的色彩與光澤很搭，但是原種珍珠其中一種主成分是貝殼硬蛋白，我們長期抗拒蛋白質，有些人甚至心理上對它過敏。所以我們就去找出貝殼硬蛋白的替代物質，嘗試做出不含蛋白質的珍珠。要做出與天然沒有差別的珍珠，過程並不簡單，但最困難的其實是要讓大家能夠珍珠親近。儘管做出了完美又美麗的珍珠，卻找不到它的用途。後來和朋友介紹的時尚設計師聊過之後，將珍珠做爲服飾配件，才開始大受歡迎，托他的福才能夠像現在這樣穩定地持續生產。」

　　「什麼尺寸或形狀都能設計。但在生成階段時會因晃動而變形，不這樣做的話就會失去獨特又細緻的味道了。珍珠生成後會經由專家的巧手仔細塑形才終告完成，滑順的觸感讓它有了很多的用途。」

　　「製作完全球體的大珍珠還非常困難，光是要不塑形而做出我們眼球大小的完全球狀體，一年不知道能不能做出一顆，非常珍貴，現在預約已經排到一千年以後了。」

　　不清楚能夠生成珍珠的貝類艾德密拉畢里斯 (P.108) 是否有參與過。另一方面，我們當然認爲月人就算不採收寶石，也還是有能合成出寶石的技術，但是他們的回答並未提及寶石合成。

服飾文化

　　都市的月人各個都享受著自己喜歡的時尚風格，有關市民的時尚風格，來自其中一個很受歡迎的品牌「Rupaskas Ligui」的設計師利谷伊氏答覆了我們。利谷伊氏擔任過月球上鼎鼎大名的某廠牌創意總監，卸任後創立了冠上自己名字的品牌。

　　「對一般人來說穿起來輕鬆很重要，大家都希望能盡量開心，度過當下最好的時刻，我之所以設立這品牌，便是希望能幫到大家這一點，因此我非常講究皮膚的觸感。流行色一直都是柔和色，最受歡迎的當然是白色。因為我們的肌膚會發出淡淡的彩虹色光芒，不太適合混濁的顏色，深色透過去的話，很難看起來漂亮。」

　　「所有的衣服顏色都能依當天的心情變換，像這件襯衫今天是粉紅色，明天想變藍色也是可以的。這是在都市草創期時所有服飾品牌大家齊心合力打造的技術。當時大家真的是拚了命，不過現在回想起來也很多開心的事。」

　　「所有品項都可以修復，就算你在滑板場溜到最高點迴轉，結果霧散了，大衣四分五裂，帆布鞋也飛了出去，所有衣服都會自動回到店裡，我們會重新塑形，隔天物歸原主。就我們店來說，一整年都沒穿過的衣服會自己回到工作室，當然我們也可以舊設計原封不動還給你，但還是會偷偷修改一點啦！完全回收再利用在這個都市是當然的啊。」

寶石用衣裝 （Ⅰ）

　　時尚是月人最關注的文化之一。而移居月亮後穿上新衣的寶石們身影，似乎對月球的居民產生了莫大衝擊。負責寶石服裝的「司圖拉尼卡之館」的創意總監奇麻答覆如下。

　　「我聽到能夠負責寶石服裝時，真的很驚訝呢。居然有這麼刺激的事情，真是不敢相信！因為每個寶石的髮色都很有個性且散發光芒，臉又特別小、身體細細的、腳又長，身材很一致，沒有比這更特別的了。在服裝特性上，我是以戰鬥時能抑制碎片飛散，容易回收，朝著盡量不要露出肢體的方向去設計。整體的主題叫『新生』，我希望能呈現出寶石在月球上重生的嶄新面貌。」

　　「(A) 是磷葉石的衣服，雖然修改了三次，是我最喜歡的。他是寶石裡最有個性的，因此我更重視衣服要簡約。他的雙臂是合金，而且會伸縮，所以我費了些工夫讓他能自由活動。最近合金還從他背部冒出來，好龐克喔，真是不錯。」

　　「(B) 是蓮花剛玉的衣服，他的特徵當然就是身上被補起來的洞吧，讓那部分露出來一方面是設計，還可以讓人感受到他的生命吧？你說碎片飛散嗎……就讓它去囉？緊身襪的花紋也是配合他的空洞啦。」

　　「(C) 是為黃鑽石設計的。最年長的他既迷人又極度優雅，所以比起其他寶石我更想強調他的沉穩和高貴，用了六顆好不容易蒐集到的大珍珠呢。你們那邊觀測得到嗎？怎麼樣？跟他非常配吧？」

寶石用衣裝 （Ⅱ）

以下還是奇麻的回答。

「（D）是鑽石的服裝唷，本來他的服裝全都是我負責（鑽石是史上最棒的偶像喔？你們知道嗎？），所以我當然是非常瞭解他。夢幻的蝴蝶結和立體又兇暴的裙子，是要呈現他既纖細又具侵略性的性格。裡頭還有特別的機關喔，敬請期待！」

「（E）是紫翠玉的衣服，他為了不讓自己變身，一直都戴著太陽眼鏡，又有特色又酷，頭髮也很漂亮。他做的擔擔麵最棒了，我週二都會跟館內的大家去捧場。充滿職人專業的氣質讓他也有很多追隨者。我不想破壞他的形象，所以採用了大膽但簡單的雪紡長裙。記得要點他做的煎餃喔。」

「（F）是藍錐礦的衣服。不像其他寶石都很有氣場和個性，一跟他們講話就會感覺『真的是別的種族呀！』，藍錐礦出乎意料地好親近，令人安心。因此設計他的衣服時，特別著重在看不出身體線條的大尺碼風格，呈現放鬆感，稍稍有別於其他寶石緊繃的氣息。很可愛吧？他本人好像也很喜歡。似乎發現不是性感的衣服而鬆了一口氣！下次要不要一鼓作氣試看看大膽的設計呢？開玩笑的啦！真是可愛到讓人都想欺負他呀。」

「其實也有幫紫水晶跟透綠柱石做了設計，不過這次他們沒有去地面上，所以沒有實際做出來，真希望未來有機會能給你們看！謝謝你們來問我這些事！（來自月球的愛，奇麻）」

公主用衣裝

　　移居到月球的寶石裡，有一位比起地面上更適應月球社會，這位「黑水晶」成為月人代表者正式的伴侶，大家親暱地稱呼他「公主」。很幸運收到負責設計他服裝的設計師庫伊艾塔回覆，他是創立「司圖拉尼卡之館」的人，奇麻的老師，傳說中的設計師。

　　「其實我好一陣子不工作的原因就只有一個，那就是沒有什麼讓我感興趣，但是因為公主很開朗，讓我覺得好像可以做出什麼新的東西。我設計的主題是『Packing Material』，意思是『包裹住重要的存在』，現在公主不只對 BOSS 來說是重要的存在，對大家都是。我覺得就算公主很重要，也不見得要包緊緊藏起來，他的肌膚酷到不行，所以我盡可能讓它露出來，或是用薄而透的材質罩住，讓人能時時感受到他的美。那孩子自然不做作，給我們非常大的安定感，BOSS 怎麼想我就不知道了。」

　　「他的鞋子是厚底鞋，這麼厚重也是『包裹住』的一部分唷。比細跟鞋好走也安全，另一個用意也是為了縮短他跟 BOSS 的身高差距，在戶外講話時比較方便吧。」

　　「有一天，他說需要有個包包，我就問他想拿來裝什麼，他回『可以發給大家的發光巧克力』，我就做了個小包包給他，過不久居然變得超大一個。」

　　「結婚典禮前我做了豎耳型頭紗的禮服，那本來是給慶典用的試作品，配上三百顆大珍珠，我沒想到他會穿著去地面上啦，後來看到那影像，真是不賴耶。」

　　「公主不管什麼樣的衣服好像都穿得很開心，好像一直對我很期待，常常在催我做衣服，不知怎麼地讓我想起剛當上設計師時的事了，真是有意義的工作呀。」

慶典用禮服

　　負責公主慶典用禮服的也是庫伊艾塔，接下來是他的回覆。

　　「決定要製作慶典用禮服後我做了很多調查，古代的慶典好像是爲了祝福情人終於情投意合在一起而舉辦的，古代什麼事都會這麼做嗎？我很訝異耶，他們很閒嗎？不過有餘裕是好事啦。」

　　「最先想到的是巨大的頭紗，要是讓它飄揚、遮住會場的天空，看起來會很美吧？爲此我開發了盡量又薄又輕的布料，爲的就是別讓公主覺得太重。我疊了三塊紗，再用一百五十顆大珍珠串的環固定，這是將寶石的純眞具體化，他們不是都很無瑕嗎？」

　　「我改良了試作品的豎耳型頭紗，設計時的想法是由衷希望我們能成爲夥伴啦，另外這也在要固定穿過頭紗的珍珠環時幫了不少忙。」

　　「他的厚底鞋用了三百顆珍珠，還加了超特大珍珠，那麼有分量很意外吧？因爲如果只是表現他細膩那一面就太無趣了，這樣子設計比較合乎公主可愛的那一面。」

　　「公主眞的非常適合穿簡單的塑身衣，他本人好像也很喜歡，爲了跟頭紗取得平衡就這麼設計了。」

　　「非常久以前，我聽說過有『聖母』這種充滿慈悲的人存在，她具體上是什麼樣的人物、從哪裡來，已經沒有人知道了……但是不知道爲什麼看到公主總讓我想起她，很不可思議，所以製作這套慶典用禮服時，我腦海中也一直想著『聖母』，雖然這全是我曖昧、恣意、難以言語化的個人想像而已。」

文化・運動設施

　　在民間設施區域裡最具特色的就是很多休閒設施了，總共有運動設施五百八十二座、音樂廳兩百四十五間、一般娛樂設施三百三十七座、美術館三百三十一間。就算是以自身文化水平之高爲傲的我們來看，還是覺得數量和種類上相對於預測的人口數（根據已揭露的都市規模來看應該在三十萬至兩百萬人之間）實在很多。

　　月亮上最受歡迎的運動是溜滑板。在空中華麗地飛舞，從最高點落下（在這瞬間會比賽誰能擺出最有個性的動作），摔到園區的地面上霧散，然後被設施管理員罵——根據記載，以上是正確的遊玩方式。公園外觀跟會融解的住所一樣每天都會改變。此外，最近出現頭髮透明的市民，做出高難度技巧掉下後直接華麗地破損四散，成爲了衆人話題。以下是附件的目擊者證詞。

　　「做出技巧的瞬間（掉下來摔到地板上），閃閃發亮的碎片在空中飛舞，非常漂亮，看得我都呆住了，然後就有人大叫『寶石！』，大家才慌慌張張地蒐集碎片，結果耗了整整一天呢，不過隔天那寶石又出現了，我就跟他要了簽名。」

　　其他還有各式各樣的設施，如足球、棒球等運動場地、保齡球、游泳池、溫泉、庭園、身心休憩場所等。只要是月人就都能使用，但是使用時間限制非常嚴格，超時的話就會被強制霧散，回到設施入口。基於都市會融解的這個特性，爲了防止太多人走丟，禁止深夜營業。

遊樂園「Eye Opener」

　　衆多遊樂設施中最受歡迎的地點就是遊樂園「Eye Opener」，裡頭的設施和配置也都會每天變化，尤其是雲霄飛車的軌道更是自動生成，以「就算設計者都無法預測」爲宣傳重點，有很多月人享受被以超高速甩動落下的刺激感。另一個招牌設施是巨大摩天輪，會配合中央眼球的隨機眨眼改變轉速，體重較輕的月人會被甩開，再被摩天輪周圍飄浮的雲朵牽引車上的其他客人接住，這種偶然又浪漫的邂逅更是這設施受歡迎的理由之一。以下是負責人兼吉祥物角色的普納坦的回答。

　　「我是普納坦。本園是每天會有一千六百五十七個設施交替出現的遊樂園。受歡迎的雲霄飛車『Color And Air』、最適合與他人邂逅的『Land Go Round』、下了很多工夫的恐怖屋『Plasma 體驗』，還有夢幻又壯觀的精采藝人表演節目，我們準備的娛樂不管來幾次絕對都不會膩。」

　　「最近我們的頭條消息就是公主來過的隔天，整日的入場人數是歷史新高。那次之後公主和他的寶石朋友們也一起來過，似乎玩得很開心，發現原來本遊樂園擁有與其他種族相通的娛樂性，讓我們有了不少自信。但是另一方面，寶石們的重量是我們的數百倍，能夠讓他們多人一起使用的設施其實很有限，讓身爲負責人的我很氣惱。那次經驗過後，我便希望做出月人和寶石都能使用的通用設計。期待外宇宙的各位光臨啦。」

自然生態園

月人很關注其他生物，最受歡迎的同伴生物是植物，以下是來自 Taon Tel 植物園的負責人的回答。

「像地面（Y-3579203181277）上那種真正的原種植物，不適合永久展示。本館開發出的植物則讓你能一次又一次享受從發芽、成長、開花、枯萎這一連串生命循環的任何一個時期。當然你也可以讓花一直開著，不過覺得枯萎狀態更有魅力的人也不少，可以依您的喜好為您分類。」

「聽說過往在地面上，曾存在有比現在更多種多樣的植物。我們在做的就是對這些植物進行研究，將其再現為觀賞用植物，或者重新培育為園藝種。」

「曾有客人超過了閉館時間，隔天以霧散的狀態被包在香蕉串裡。誠心希望各位光臨時能保留充裕的參觀時間。」

根據資料，未來預定要蓋與植物園相同宗旨的水族館，不過沒有記載預計養育什麼。

令人在意的是，明明實際存在很多樣的設施，但是卻沒看到最該要有的、與歷史有關的博物館。月人社會應該有相當悠長的歷史，實在沒辦法從他們的回覆推測出原因，是因為都市的特性使得物品都留不住、所以蒐集不到展示品，還是月人不拘泥於一定要把東西留下來呢？另外我們在資料裡也沒有看到展示收集到的大量寶石的設施。我們認為過去應該存在，可能是考量到寶石已移居至此而廢除了。

住宿設施

當初這座旅館是爲了給移居月球的寶石有暫時可待著的地方而建造的。以下是來自同時主導都市設計的建築家雷雷庫伊亞的回覆。

「當天情形我記得很清楚呀，我喜歡的咖啡店重新生成後變得有點遠，所以我一早在散步。途中 BOSS 直接聯絡我，說需要一座給移居月球的寶石能暫時待著的設施。就在那個瞬間，我就想到要蓋一座從都市的任何一處都能看見的高聳建築。這座都市其實長期禁止高樓層建築，不過因爲保全管理很方便，所以他就同意了，眞是太開心啦！更驚訝的是符合條件的土地立刻就安排好了。建築五個小時就能蓋好，設計可沒那麼快，但大部分在我往返咖啡店的路上都完美地構思好了。可能也因爲那樣，我跟店家叫成混豆咖啡，苦味我眞是沒辦法接受呀。」

「這次移居來的寶石有九位，我希望從今以後能來更多位，所以準備了兩百五十六間房。後來我調了寶石的生態資料來看，修正了一點初期的構想。因爲寶石的能量來源是光，所以我做了一個從一樓大廳到八十樓的天井，然後讓發光的水從牆壁上流下來，重現在地面時陽光瀟落的畫面。我掛心著想讓寶石們能過得自在，還重現了地面上的環境，擬眞太陽會在大廳的水池昇起及落下，也從 Taon Tel 植物園拿了些跟地面植物很像的品種，在每一樓都做了花園。因爲聽說寶石會在這座建築裡共同生活，爲了緩和他們的孤獨感，這兩百五十六間房都是面對天井的開放式，只用了瀑布簾區隔空間，希望能讓他們隨時感受到同伴的存在，希望他們會喜歡呀。」

重要人士護衛

　　資料上是寫「公主的護衛長」，這隻體長約二十公分、長得像小狗的生命體時常跟公主一起行動，以下是負責照顧護衛長的阿沛回答。

　　「牠非常乖巧聰明，除了吃飯睡覺以外不會離開公主半步。最近公主丟球也會撿回來，握手跟坐下也都記住了，也很會游泳。」

　　「每天早晚都要梳毛，才能保持得蓬蓬軟軟，用的是特選絲感保養油。每天都會跟公主出去，所以應該兩天就要洗一次澡，不過牠不喜歡，所以改成一週一次。洗澡時會滿身泡泡在客廳跑來跑去，要抓牠不是普通辛苦。」

　　「牠喜歡行星球玩具，但最喜歡的好像還是公主的鞋子。庫伊艾塔看不下去，還特別做了假鞋，結果牠也不看一眼，就從鞋櫃把真的鞋子咬走了，真是傷腦筋。」

　　「牠喜歡的點心是公主跟我一起做的餅乾，最喜歡起司口味，再來是牛奶口味，菠菜口味好像吃得很勉強。」

　　「平常一直都在睡覺，不過聽說一旦察覺危險就會變得精明能幹又英勇，我也好想親眼看一次。」

　　在我們的紀錄裡，曾經在 Y-3579203181277 的戰鬥微微觀測到一隻長得很像的能量形狀生命體。此外發配到寶石單人房裡的玩偶（P.48）跟牠的外貌也相當神似，我們還在調查他們的關聯性。

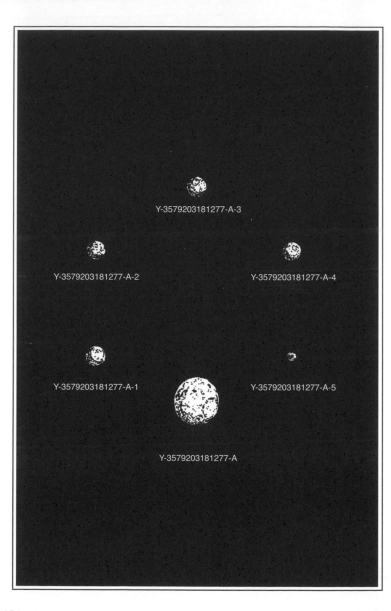

六個月亮

第五百一十期的觀測裡，發生了至今從未發生過的，寶石在衛星間移動的現象。追蹤了留下的微小痕跡後，發現 Y-3579203181277 的六顆衛星之中，月人都市存在於 Y-3579203181277-A 的可能性最高。在 Y-3579203181277 上連寶石睡衣上的縫線都觀測得到，但是六顆衛星全部以特殊的方式截斷觀測資訊，軌道也不清楚，只取得了如圖上朦朧不清的衛星外形。我們甚至認為軌道、衛星本身都有可能只是偽裝，但仍未有定論。

這次傳給我們的回覆以文化、生活面為主，幾乎沒有政治或軍事相關的資訊，也沒有揭開長年採收寶石的理由。因為他們的文明高度先進，目的是他們所自稱的「採收天然礦石資源」的可能性很低。而且各個不同月人給我們的回答都很有想法、有個性又隨性，不太可能抱有常見於原始社會的、帶有殘酷性的信仰，發言裡也看不出對寶石帶有難以忘懷的恨意。他們對其他種族的態度令人感覺不太均衡。都沒有提及金剛也有點不自然，我們都能取得資訊了，他們想必也絕對知道金剛不是礦石生命體。缺乏關於自身歷史的記述也是相當不自然。

在這些正式的回覆裡，我們得到了餐廳「Lycaon」和遊樂園「Eye Opener」的邀請。希望未來我們能有機會住進有發光瀑布灑落的旅館，在美麗的礦石生命體的照料下，親自向複雜又獨特的月人提出這些疑問。

第三章

Y-3579203181277 圈　其他

　Y-3579203181277 上除了礦石生命體和金剛，還有其他疑似智慧生命體的物種，我們確認到的有「艾德密拉畢里斯」和「流冰」兩種。

艾德密拉畢里斯

　　艾德密拉畢里斯是大批生活在 Y-3579203181277 行星南半球海洋的水棲種族，研判是在古代生物滅絕數萬年後才出現。這種族極有可能是在海洋原生物種及生活圈從陸地移往海洋的物種間孕育而生的。

　　移動時會是 (A) 那種背著殼的小型軟體動物姿態，但在捕食期和繁殖期，以及在自己的疆域裡時會變爲 (B) 那種下半身擁有多隻觸手的姿態，殼則包在體內。半透明的身體幾乎都是肌肉組成，會將主食的海藻類連根拔起，珊瑚等也都會攪碎才吃。也會綑綁捕食小型鯊魚。嘴巴位於觸手的根部。

　　艾德密拉畢里斯的社會施行強力的血緣政治，存在嚴格的階級制度。有雌雄之分，並且是有性生殖，雌雄性比例是 1000:1，相差很大，雄性很珍貴，會被細心養育。歷代統治者一定都是雌性，成爲王的雌性頭部會變大成王冠狀，圖中這個個體被認爲應該是年輕的王。

　　艾德密拉畢里斯的生殖能力旺盛，一次會產下數百個卵。過去有固定的發情期，但是在海洋氣溫變化使牠們的天敵「巨大烏賊」滅絕後，隨著社會安定，成體也變成隨時皆能生殖，因而成爲一股大型勢力，尖峰時期個體數高達十億隻，因而面臨主食魚類和海藻類不足的糧食問題，爲了尋找海藻而從原先住慣的溫暖海洋向外移動，其間被統治階級爆發內亂，再加上本來的饑餓狀態使同類相食變成常態，最後在海洋中完全絕跡。

　　直到最近我們才在 Y-3579203181277 南半球的海洋淺灘觀測到一群大約八隻的蹤跡，似乎勉強延續了種族命脈。

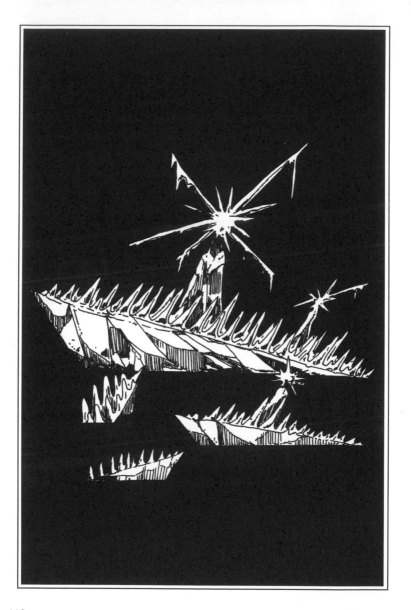

流冰

Y-3579203181277 的‧⋯⋯海洋裡出現的⋯種流冰。⋯⋯的形狀相當多種⋯⋯⋯⋯聲音，讓寶石冬眠時⋯⋯睡不好覺⋯真責人⋯⋯要⋯⋯巡邏的關係，需要⋯⋯時會看到它們有奇妙的行為⋯。現在雖然還在調查中，看到目前的⋯⋯⋯⋯⋯生命⋯を⋯⋯⋯捨棄⋯⋯，我々⋯⋯⋯來自⋯⋯⋯⋯⋯⋯⋯⋯⋯誕生す⋯⋯過渡期且不完全⋯⋯⋯⋯⋯⋯⋯⋯將我們⋯⋯⋯⋯⋯⋯⋯⋯⋯⋯的權利⋯⋯⋯⋯⋯⋯⋯⋯⋯⋯⋯⋯物⋯⋯⋯⋯⋯⋯失敗⋯⋯⋯⋯⋯⋯⋯⋯⋯⋯⋯⋯⋯⋯⋯⋯名譽⋯⋯大⋯⋯⋯⋯⋯⋯⋯⋯⋯⋯⋯⋯⋯⋯⋯你⋯⋯⋯⋯家⋯⋯⋯⋯⋯⋯⋯⋯⋯⋯⋯⋯⋯⋯⋯⋯⋯⋯⋯⋯⋯好⋯⋯⋯⋯⋯⋯⋯⋯⋯⋯⋯⋯⋯⋯⋯⋯⋯⋯⋯⋯⋯啊⋯⋯⋯⋯⋯

⋯⋯裝幀‧內容鑑定‧內文‧內頁設計／市川春子